Analyse de l'œuvre

Par Natacha Lafond

Une évidence

Agnès Martin-Lugand

Analyse de l'œuvre

Par Natacha Lafond

Une évidence

Agnès Martin-Lugand

lePetitLittéraire.fr

Rendez-vous sur lepetitlitteraire.fr et découvrez :

Plus de 1200 analyses
Claires et synthétiques
Téléchargeables en 30 secondes
À imprimer chez soi

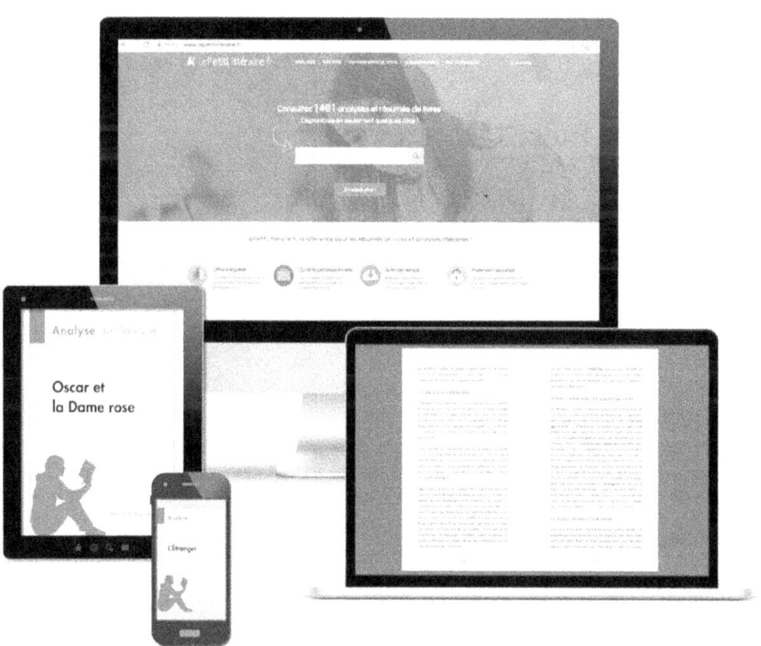

UNE ÉVIDENCE

UN DRAME PSYCHOLOGIQUE

- **Genre :** roman
- **Édition de référence :** *Une évidence*, Paris, Michel Lafon, 2019
- **Date de la première publication :** 2019
- **Thématiques :** portrait d'une femme, la famille désunie, désirs et amours, un roman psychologique, le voyage, la France, histoire sociale, images du père, un drame grand public.

Dans la veine des drames psychologiques français contemporains à succès, nombreux dans le domaine romanesque, *Une évidence* d'Agnès Martin-Lugand a su trouver sa place parmi les meilleurs bestsellers des dernières années. L'auteure explore les épreuves de l'être humain et les voies pour les surmonter. Relevant d'un genre traditionnel dans l'histoire littéraire, ce roman explore le quotidien d'une femme, dans une société qui a changé de valeurs. L'auteure dresse le portrait d'une femme et de ses difficultés relationnelles, face à l'éclatement des familles et à la place de l'homme. Reine, personnage central du livre, dont on suit l'évolution et les pensées intérieures, élève son fils Noé, seule, abandonnée par Nicolas, le père de l'enfant. Difficile pour cette mère de présenter un compagnon à ce fils, à qui elle a tout consacré, que ce soit Paul, son associé, Pacôme, un amant, voire Nicolas, qu'elle retrouve quelques années plus tard.

S'il y a peu de descriptions, de nombreux dialogues jalonnent le texte à la première personne, entrecoupé de phrases en italique qui donnent vie aux pensées et au quotidien du personnage, une narratrice. En toile de fond, on retrouve le roman populaire historique de Bernard Simiot, *Ces Messieurs de Saint-Malo* (1983), qui semble hanter les rêves de cette femme au nom d'une nouvelle figure masculine, Noé, une arche symbolique.

AGNÈS MARTIN-LUGAND

ROMANCIÈRE FRANÇAISE

- **Née en 1979, à Saint-Malo, en Bretagne**
- **Quelques-unes de ses œuvres :**
  - *Les gens heureux lisent et boivent du café* (2013), roman
  - *Nos résiliences* (2020), roman
  - *La Datcha* (2021), roman, Prix Roman 2021

Cette romancière française a travaillé pendant six ans comme psychologue clinicienne dans le monde de la petite enfance et de la parentalité, avant de se consacrer à l'écriture. Remarquée dans le milieu de l'autoédition et, surtout, sur la plateforme Kindle d'Amazon depuis 2012, elle a publié son premier roman, *Les gens heureux lisent et boivent du café,* en 2013. Depuis, elle a publié plusieurs romans, en grand format (Michel Lafon) et en poche (Pocket), avec plusieurs adaptations en bandes dessinées (éditions Collectors).

Traduits dans 35 pays environ, ses romans sont vendus à plus de 3,5 millions d'exemplaires. Membre de plusieurs jurys, le jury du prix littéraire Régine Desforges, en 2018 et 2019, ainsi que du prix littéraire, Auféminin.com., Agnès Martin-Lugand participe, depuis 2016, aux publications de *13 à table !* aux éditions Pocket, offertes aux *Restos du Cœur.* Invitée dans les réunions des écrivains des bestsellers, elle a obtenu le Prix Roman en 2021, pour son ouvrage, *La Datcha.*

RÉSUMÉ

L'histoire se déroule principalement en Normandie, à Rouen, et en Bretagne, à Saint-Malo. La première page s'ouvre sur une soirée de Nouvel An, avec Reine et Paul, deux associés. L'action s'étale sur une année environ, l'année du baccalauréat du fils de Reine, Noé. Le roman repose sur une intrigue unique, un drame familial : le retour inattendu d'un père, Nicolas, dans la vie d'un adolescent âgé de 17 ans et de sa mère. De nombreux retours en arrière nous font entrer dans la vie de ces personnages, pour renouer avec les origines du drame, qui vont mener à des aveux douloureux ainsi qu'à des changements de situation importants et prometteurs.

UN AMOUR FILIAL INCORRUPTIBLE

Reine, le personnage central, raconte son histoire : tout le roman est à la première personne. Elle est âgée d'une quarantaine d'années, comme Paul. Elle a été délaissée par Nicolas, avant même qu'il ne connaisse l'existence de son fils, Noé. Au moment de leur séparation, Reine, à peine âgée de 23 ans, est sans travail. Elle est très attachée à son environnement familial, à sa sœur Anna, à son beau-frère Ludovic, et à ses parents. Elle tient à les réunir autour de Noé. L'âge de Noé est le point de repère temporel de la narration. Le livre se fonde sur sa relation avec Noé.

Formée au dessin, dans une école d'arts appliqués, Reine trouve très vite un travail dans la communication, auprès de Paul, son directeur et futur associé. Elle développe une collaboration professionnelle positive et refait peu à peu sa vie, avec sa famille et ce nouveau travail.

Cette mère consacre beaucoup de temps à son fils : elle évoque son éducation, ses activités, ses lectures, ses sorties, ses amis et Justine, une aventure féminine. Noé traverse tous les chapitres, partout présent, en toile de fond ou à l'horizon. C'est grâce à lui que le drame personnel conduit à d'autres perspectives, que ce soit par les vacances à Saint-Malo, la ville des congés et des rêves, ou par les décisions à prendre. Les dialogues dénouent la situation étouffante de l'*insoutenable légèreté* de la condition de cette femme délaissée, en faisant penser à un livre majeur de Milan Kundera, dans la peinture romanesque des mœurs de la société.

Seul Noé traverse les années au côté de Reine, qui l'accompagne dans tout son parcours. On le voit grandir comme un nouveau modèle pour sa mère, un autre homme.

UNE FEMME ET TROIS HOMMES

Reine et son associé séducteur ont une relation professionnelle de confiance, tout en devenant amants, par intermittence. Confidents, amants tout autant qu'associés, ils gardent pourtant une certaine distance fondée sur une amitié fidèle, avant de finir par se marier, une vingtaine d'années plus tard.

Reine est toujours soutenue par Paul dans son travail. Elle ne rencontrera de difficultés qu'avec le contrat de Nicolas, le père de Noé, avec lequel elle ne s'attendait pas à devoir travailler, très émue.

Elle fait aussi la rencontre de Pacôme, un nouveau compagnon, qui l'initie à la lecture d'un livre de Bernard Simiot, *Ces Messieurs de Saint-Malo* (1983). Cette rencontre, décisive, est le fruit du hasard : Pacôme travaille pour une société qui a besoin d'un contrat avec une agence de communication. Reine a été chargée du dossier par Paul. De nouvelles perspectives s'ouvrent à elle ; elle voyage, désormais, à Saint-Malo et à l'étranger.

Pacôme travaille avec Nicolas, dans la société de commerce *Les Quatre Coins du Monde*. Il le présente à Reine pour un contrat de publicité, mais celle-ci le connaissait déjà, puisqu'il n'est autre que le père de son enfant. La rencontre, troublante pour les trois personnages, incite Reine à mentir sur l'âge de son fils, pour ne pas avouer qui est son père ; Nicolas ne semble pas comprendre le mensonge, il présente Reine à sa famille, tandis que Pacôme cherche à rencontrer Noé.

Reine retrouve Nicolas avec sa nouvelle famille : Héloïse et leurs trois enfants, Inès, Salomé, et Adam. Elle préfère garder Noé loin de lui : les retrouvailles sont trop inattendues. Paul la soutient dans son silence.

Cependant, Noé souhaite rencontrer, à son tour, le nouveau compagnon de sa mère, Pacôme, qui est si étonné par son âge, 17 ans et non 10 ans, qu'il sort de ses gonds. Pacôme comprend rapidement que Noé est le fils de son associé Nicolas, dont la vie risque d'être troublée par l'arrivée de ce fils. Il préfère quitter Reine et ne plus continuer à la revoir, tout en partageant son appartement avec Noé, qui fuit son domicile après l'aveu de sa mère.

CHANGEMENTS DE VIE : LES AVEUX

Une grande partie du roman repose sur la préparation de ces aveux, refusés, haïs, puis, enfin, acceptés et assumés par l'ensemble des personnages, comme un changement radical dans leur vie : séparation de Pacôme et de Reine, fuite de Noé, mariage de Paul et de Reine, collaboration professionnelle de Nicolas avec Noé.

C'est Nicolas qui apprend la nouvelle en dernier et qui, d'abord méfiant, finit par se rapprocher complètement de ce fils sans père. Tout le livre est centré sur cette mère et ces trois pères absents, qui proposent des modèles sans développer de relation intime avec le jeune homme. Il faut du temps pour faire accepter le retour du père à la mère ; ce n'est que dans les derniers chapitres, lorsque Noé fréquente la famille de Nicolas et fait sa vie, qu'elle se décide à accepter la demande en mariage de Paul.

Noé commence ainsi par travailler, en alternance, dans la société de son père, *Les Quatre Coins du Monde*, avant de faire son métier dans le commerce international, entre Saint-Malo, Rouen et le comptoir des Indes. Il quitte peu à peu la maison familiale ; la séparation progressive entre la mère et le fils est douloureuse. Mais Reine soutient son fils, comme un futur *Monsieur de Saint-Malo*. Elle est avant tout fière de lui. Ils continuent à voyager ensemble et à partager les évènements du quotidien.

Pacôme a repris la route des voyages et en revient avec une maladie mortelle. Sa mort, discrète et soudaine, marque la fin du livre ; elle représente un dernier épisode narratif (épilogue). Reine se marie avec Paul ; Noé s'éloigne de cet univers et fait son deuil de Pacôme. Il est devenu adulte. Il travaille avec son père et veut faire sa vie. Saint-Malo et la société des *Quatre Coins du Monde*, où travaille le père de Noé, représentent un deuxième tournant pour cette femme, qui l'incite à se remarier tardivement.

ÉTUDE DES PERSONNAGES

REINE, UNE FEMME ET UNE MÈRE

Tout tourne autour de Reine, le personnage central du livre, qui raconte sa vie, au fil des années. Personnage et narratrice en même temps, elle nous fait entrer dans ses pensées et dans ses sentiments, selon ses désirs et ses angoisses. L'objet du drame s'est banalisé ; la situation d'une femme délaissée appartient au quotidien du monde contemporain. La reine n'est plus tout à fait au centre d'un couple ou d'une histoire d'amour, elle est celle qui doit affronter, seule, sa maternité. La narration insère ainsi des phrases en italique qui permettent de suivre l'intériorité du personnage et son évolution psychologique. Le lecteur voit tous les personnages à travers son regard.

S'il n'y a pas de description physique des personnages, il y a de nombreuses indications sur leur caractère. Reine se définit avant tout comme une mère, qui a décidé de consacrer sa vie à sa relation avec son fils. Le travail est important pour elle, mais il n'est pas ou peu abordé de l'intérieur ; il lui permet de retrouver Nicolas, le père de Noé, et de garder son indépendance dans une société éclatée. Elle représente la condition de nombreuses femmes modernes. Le livre n'insiste pas sur la recherche d'un deuxième homme, d'un mari, mais sur la relation filiale, qui lui a permis de faire le deuil de Nicolas. Même si Reine semble chercher un nouveau compagnon, que ce soit Paul ou Pacôme, elle ne s'engage pas complètement, assumant la légèreté de ces relations. Elle attend, sans doute, un geste de ces hommes, qui passent et s'en vont, chacun à leur manière, et dont l'image se voile d'ombres et de lumières. Elle a fait de son fils son confident, tout en le protégeant de trop en savoir.

Reine est le seul personnage féminin important dans le livre ; pourtant, elle subit le quotidien avec ses drames, plus douloureusement encore, tout en l'assumant parfaitement par son rôle de mère et par son métier.

Elle est celle, par ailleurs, pour qui la famille est importante. Assez conventionnelle dans ses représentations et dans l'éducation de son fils, elle tient à lui montrer d'autres voies que la sienne. L'absence de second mariage avec un deuxième père laisse ainsi la porte ouverte à l'hypothèse d'un refus, conscient ou inconscient, d'une nouvelle famille autour de Noé, même si on peut y voir également le fruit d'un hasard assumé. Le texte n'évoque pas de drame, pour Paul et Pacôme ; il ne s'agit plus que de déceptions, dans ces relations, sans commune mesure avec la première séparation. C'est d'autant plus important comme distinction qu'une grande partie du livre est entièrement consacrée à la manière de présenter (ou non) Noé à Nicolas. Reine est un personnage dramatique, en ce sens qu'elle a dû sacrifier la passion amoureuse et qu'aucune relation ne sait la remplacer tout à fait.

Elle ne pleure pas souvent, elle ne se plaint pas non plus beaucoup, mais elle est très à l'écoute du monde et observe tout ce qui lui arrive, ou presque, avec distance, pour reprendre une réflexion de Domenach dans *Le retour du tragique*, qui banalise le tragique du quotidien.

Ouverte, curieuse et très sociable, elle semble s'adapter à de nombreuses situations, toujours disponible. Alors que les italiques rendent compte de sa vie intérieure, la floraison de dialogues qui jalonnent ce roman, fondé sur une oralité insistante, donne vie à ce personnage.

La reconstruction du personnage repose sur l'oralité, la parole et l'échange. Il ne s'agit pas uniquement de mettre en mots le drame originel, pour reprendre le schéma des cures analytiques pratiquées par les psychologues, mais d'une vie fondée sur cette ouverture et ces conversations de comptoir, où il est question de tout et de rien. Elle communique, pour ainsi dire, comme dans son travail elle pratique l'art de la communication, qui s'adresse à un plus large public. Le livre s'inscrit dans la lignée des autres romans dramatiques de cette auteure, dont les personnages sont confrontés à des évènements tragiques, qu'ils *apprennent* à assumer, par un travail psychologique.

NOÉ, L'ADULTE EN DEVENIR

C'est un enfant qui grandit sans père et qui ne connaitra l'existence de celui-ci que très tardivement. Personnage essentiel dans l'histoire du roman, par ce qu'il représente pour Reine, il n'est pas non plus abordé par le physique. Il représente un modèle masculin un peu différent dans le roman, fruit des rêves et des déceptions de la société actuelle.

Son prénom est aussi ironique et symbolique que celui de sa mère. Il est celui qui est guidé par sa mère, ses trois compagnons et des lectures décisives, comme celle du livre de Bernard Simiot.

Il est un être qui grandit à priori sans drame particulier, alors que l'absence du père est au centre de son évolution. Il s'intéresse aux relations de sa mère et à son travail. Il pleure rarement et il s'entend très bien avec sa mère comme avec ses amis. On le voit prendre des décisions seul, au fur et à mesure, et se détacher, un peu, de cette mère pour prendre son envol, tout en revenant toujours vers elle. Il décide notamment de revoir davantage son père et la famille de son père, seul, pour tenter de mieux le connaitre.

La rencontre entre le père et le fils constitue un moment clé du roman, tout en ne donnant pas satisfaction au fils (ni au père). Comme pour Reine, c'est la vie privée qui est au centre de la vie de Noé. Il s'installe dans la ville de son père et de ses rêves, à Saint-Malo, voyage un mois sur deux en Inde, et arrive ainsi à trouver, rapidement, son indépendance, alors qu'il ne semblait pas décidé pour des études spécifiques. Le père absent a su lui donner un repère précis, un travail qui le motive et qui répond à ses aspirations personnelles et professionnelles. Une arche (de Noé) tendue hors des sentiers battus *romanesques* où les historiettes étouffent les personnages ?

Le personnage est un peu traité à part. Il est amené à évoluer, par son âge, mais aussi par son environnement maternel, qui le conduit à s'interroger et à chercher son chemin. Sa présence s'impose pourtant auprès de l'ensemble des personnages. Tout semble aller de soi, autour d'une relation forte sur le plan affectif. Les allers et retours de Noé représentent cet attachement à un lieu d'ancrage fixe, qui le protège et l'incite, par ailleurs, à s'éloigner d'autant plus facilement. Il va loin, Noé, loin du drame d'origine, tout en y retrouvant ses vacances et son univers familier.

LES COMPAGNONS DE REINE

On sait peu de choses de ces hommes sur certains plans ; ce sont des personnages moins approfondis, dont on ne connait pas les pensées ni les sentiments et qui, à la différence de Noé, ne sont pas toujours présents. Le roman avance par ellipses autour de ces trois personnages, des ellipses parfois éclairées par de rapides échanges avec Reine ou Noé, qui laissent une grande partie de leur vie dans l'ombre.

Paul, l'associé séducteur

Présent dès le début, il ouvre le texte, un 31 décembre, en compagnie de Reine, d'amis et de connaissances fugaces. Paul connait Reine depuis 18 ans au moment où l'histoire commence. Il a fait des études de commerce à Paris avant de venir s'installer à Rouen pour ouvrir une société de photographie, qui s'est agrandie, avec six salariés. Paul est l'homme de la réussite professionnelle. La description subjective de son caractère, par Reine, insiste sur plusieurs qualités : son gout d'esthète au quotidien, sa force de caractère et son charme de « dandy décontracté ». Paul mène une vie plus frivole. Il raconte à Reine ses rencontres avec les femmes, ses déboires et ses conquêtes, un peu las. L'épisode des retrouvailles avec Nicolas et des aveux à Noé le met dans l'ombre de ces histoires, même s'il est le premier qui comprend la situation et les raisons du mensonge de Reine.

Divorcé, père de deux grands enfants, âgés de 23 et de 25 ans, sa relation avec ses enfants n'est pas très bonne. Il les voit rarement, alors qu'il connait assez bien Noé. Lorsque celui-ci quitte la maison de Reine, il s'y installe. De même que les motifs de l'absence de Nicolas sont expliqués par deux versions complémentaires (femme délaissée ; femme qui n'avoue pas sa grossesse, esseulée), il y a deux versions de la réunion tardive du couple de Paul et de Reine (refus de Reine d'avoir un deuxième père pour Noé, refus de Paul de s'installer dans une maison commune).

Paul est comme un deuxième père pour Noé, mais il n'est pas non plus avec eux au quotidien. Il vit sa vie séparément, parfois étranger à ce qui leur arrive. Il mange chaque semaine avec Noé depuis des années et lui apprend l'escalade. Ce sport marque désormais le visage de l'adolescent, plus endurci, aux traits plus rudes, et au caractère plus volontaire.

Nicolas, le père retrouvé

À l'opposé de Paul, Nicolas, le vrai père, se présente avant tout comme un bon père de famille, qui a le regret de son passé et de son geste irréparable. Il est l'homme du drame de Reine et de Noé, celui qui n'a pas su qu'il avait un fils et celui qui est, précisément, très attaché aux enfants.

Nicolas est également admiré par Reine : il est l'ancien étudiant en commerce international qu'elle a connu, il y a 18 ans environ. Il ressemble un peu à Paul, par son approche du travail : entreprenant, il part en Inde, où il fait la connaissance de Pacôme, son futur associé ; il quitte Reine et rencontre Héloïse, une infirmière libérale. Celle-ci les suivra dans tous leurs voyages de prospection, tant en Asie, qu'en Afrique ou en Amérique du Sud. Il fonde ensuite une société de vente des produits du commerce international. Il a choisi Saint-Malo pour y installer sa société de commerce. C'est la société des *Quatre Coins du Monde*, au nom évocateur, très souvent rappelé dans le roman, comme une *expression de langage*, un point de convergence et une plaque tournante. Il a, lui aussi, agrandi sa société avec une douzaine de salariés.

Nicolas est marié, père de trois enfants, Inès (4 ans), Adam (6 ans) et Salomé (10 ans) : il vit dans une belle maison qui donne sur la plage. Sa vie, sans histoires, subit un revers étonnant lors de la révélation de l'existence de Noé. Dénué de réaction dans un premier temps, il garde le silence, tout en l'avouant rapidement à son épouse. Paradoxalement, ce père absent, et qui n'assume pas d'emblée cette paternité, pris de cours, invitera Noé à travailler avec lui, dans sa société, à la fois pour le former, en alternance, pendant un an, puis pour lui trouver une situation professionnelle à long terme auprès de lui.

Pacôme, la relation éphémère

Il faut rendre, cependant, à Pacôme, la figure du troisième père que se reconnait Noé lui-même, le gout de l'Histoire, du voyage et de Saint-Malo. Si Noé arrive aux *Quatre Coins du Monde*, c'est aussi grâce à cette rencontre avec le lecteur du livre *Ces Messieurs de Saint-Malo*.

Pacôme est présenté, par Nicolas et la narratrice, comme un rêveur un peu fantasque, imprévisible et un beau séducteur. Il vit dans un bel appartement qui donne sur la mer avec de grandes bibliothèques en acajou et possède plusieurs exemplaires des éditions du livre de Simiot, admiré par Noé. Cultivé, il connait très bien la ville de Saint-Malo, qu'il fait visiter à Reine. Il séduit rapidement cette dernière, dès leur première rencontre, en l'invitant au restaurant.

Cet associé, compagnon de route de Nicolas, est animé par le même gout du voyage et du commerce.

Mystérieux, il retrouvera Reine à travers Noé, dans son travail, avant de mourir. Il aura initié cet adolescent à l'Histoire, notamment, et à la mer. Il devient un modèle paternel, dont la mort affecte beaucoup Noé.

CLÉS DE LECTURE

MÈRE ET FILS, UN NOYAU CENTRAL DE LA PARENTALITÉ ACTUELLE

Une « insoutenable gravité au cœur de la légèreté » pourrait-on dire, en référence à un livre de Milan Kundera : le roman s'attache à éclairer les difficultés et le quotidien d'une mère. Il place la psychologie au centre de l'œuvre et des relations modernes, avec ses forces et ses impasses.

Le titre, *Une évidence*, est rappelé tout au long du texte, comme un fil conducteur de l'évidence implacable de la fatalité banalisée qui s'abat sur les êtres : un fils sans père et une femme délaissée.

L'adversité tragique de la vie, et, dans ce roman, de la famille divisée est aussi commune, ou presque, que la maladie (comme dans le roman *La résilience* de cette même écrivaine).

Beaucoup de dialogues, peu de descriptions : les personnages cherchent à retrouver une identité et des relations, en assumant *plus légèrement* ces impasses. La psychologie de comptoir fait florès, le tragique contemporain s'est noyé, rappelons-le, dans le dramatique. Le personnage ne maitrise pas tout. Pourtant, la parentalité représente l'autre pôle essentiel de cette saga, le centre moteur qui donne son nom à la mère. Une *reine* sans famille, mais qui défend son amour filial, au même titre que l'amour conjugal. La relation entre la mère et le fils trouve sa force dans le temps, et s'exprime par une psychologie plus profonde de l'implicite et des faits au quotidien.

Désirs et passions

Peut-on parler d'un renversement postcontemporain des lectures de Kundera, où l'évolution des relations, par l'épanouissement du désir, a aussi donné la part belle à l'amour filial et, par la toile de fond du roman historique *Ces Messieurs de Saint-Malo*, à d'autres passions ?

La question se pose, sans trouver une réponse évidente.

Cet amour filial est salvateur dans un *huis clos*, pourtant peu sartrien et plutôt insouciant, où tout est relativisé, mais aussi banalisé de manière étouffante. Les désirs ne répondent pas tout à fait aux passions des hommes, notamment à la passion amoureuse. Le dandy est devenu, à son tour, banal.

Le roman propose ainsi deux facettes de cette approche psychologique des relations humaines, autour d'une famille éclatée qui cherche la figure d'un père, dans une quête inassouvie, tout en proposant une relation filiale forte.

S'il s'agit de savoir surmonter les difficultés de la vie, pour une part, il s'agit aussi d'exprimer l'insuffisance de la nouvelle parentalité, actuellement, face au problème de la passion amoureuse, l'amour conjugal.

Une génération sans père :
une figure problématique

La famille de Nicolas, le père perdu, représente ainsi une famille plus unie, à priori sans difficulté.

Pourtant, Noé connait trois figures de pères, qui traversent le roman, et qui gravitent, sur le plan romanesque, autour du personnage central qu'est sa mère (Nicolas, Paul et Pacôme). Ce n'est pas Nicolas, son père génétique, qui entreprend des recherches sur lui ; celui-ci est encore absent, même présent, si ce n'est par le modèle familial, qu'il donne tardivement. Le modèle du père est problématique et n'assume pas tout à fait sa place dans la société.

Seul le devenir de Noé, le fils, donne une présence différente au passé et à la figure de l'homme.

Le refus initial de Reine de parler du père absent, voire de se remarier avec un deuxième père, ainsi que la peur de Noé d'être séparé de sa mère, par le retour d'un « père », quel qu'il soit, reposent sur l'importance d'associer la parentalité à un père spécifique.

PORTRAIT D'UNE FEMME
DANS LA SOCIÉTÉ ACTUELLE,
ENTRE OMBRES ET LUMIÈRES

Le roman propose une réflexion sur la femme et ses difficultés dans la société contemporaine. Reine représente les *mythologies*, au sens barthésien, de la femme actuelle et du lectorat, souvent féminin, de ces bestsellers. Pourquoi peut-on parler de *mythologie*, autrement dit, d'un *cliché* de société, significatif et critique ? Le statut de la femme a changé depuis la fin du xxᵉ siècle, et doit faire face aussi bien au monde du travail, depuis le xxᵉ siècle, qu'à l'éclatement des familles et au changement des mœurs. Après la conquête des droits juridiques et éducatifs de 1880 à 1950, les femmes ont été confrontées, plus massivement, aux difficultés de la relation travail/famille, qui a beaucoup évolué. Depuis les années 1970, une troisième vague est confrontée au changement des mœurs : la place de l'enfant et la réflexion sur l'éducation s'ajoutent aux enjeux de l'association famille/travail ; l'augmentation des désunions et l'éclatement du modèle familial, au nom de modes de vie différents tels que ceux présentés par Pacôme et Paul, pour l'homme, notamment ; la revalorisation, par ailleurs, des droits du père dans la famille (Nicolas), etc.

Le prénom emblématique du personnage féminin, qui prend la parole tout au long du livre, en se plaçant comme observatrice de ces changements, mais aussi, un peu, comme une victime, relève aussi de la légèreté ironique du titre de Kundera. La femme délaissée, qui élève seule son enfant, est très représentative de cette évolution. Les femmes sont plus libres, mais plus souvent esseulées, moins par choix que les hommes : Reine préfère-t-elle ou non élever Noé seule ? Elle n'aurait pas souhaité, à priori, que le père reste uniquement pour l'enfant.

Malgré tout, l'enfant est bien une nouvelle clé pour la femme dans son mode de vie, même si elle n'est pas particulièrement portée sur l'éducation. Elle hérite de l'enfant-roi des années 1970, qui a permis surtout, avec du recul, d'en faire un être à part entière : il suffit de prendre note de l'insistance des dialogues avec cet adolescent, essentiels dans toutes les décisions de la mère et de ses compagnons.

La femme élève seule son fils et travaille, par contre, plutôt facilement : un autre cliché ? Sans doute un nouveau sujet de société à traiter, qui concerne les deux genres. Le modèle plus traditionnel de Nicolas est, pourtant, important pour Reine, qui n'arrive pas à associer son désir de famille avec un père. Ce n'est que tardivement qu'elle se résout à se remarier, après le départ de Noé. Sans doute la séparation originelle avec Nicolas est-elle restée, fondamentalement, tragique, même si elle a su la surmonter. Le fils, de même, ne réagit qu'une seule fois, tragiquement, en fuyant la maison et en perdant la maitrise de soi dans la conversation, lors de la révélation de l'identité de son père, alors qu'il n'en avait jamais entendu parler. Surtout, il accepte, sans détours, de travailler avec lui à long terme, alors qu'il aurait pu faire d'autres études ; il n'est pas, socialement, pressé de gagner sa vie.

Il s'agit bien de questionner l'image elle-même du modèle familial : une mythologie bourgeoise désuète, qui, par le passage du XXe siècle et de ses nombreuses remises en question, s'est transformée et serait à remettre au gout du jour, dans la veine d'un lectorat féminin plus romantique ? Loin d'en faire seulement un roman de gare, ni un roman miévreux de la bibliothèque rose, qui permet de mieux faire appréhender sur le plan sociologique l'évolution des déceptions et des aspirations de la société actuelle, ce bestseller, toujours proche malgré tout du grand public, l'aborde dans une veine plus psychologique. Le romantisme des profondeurs dépasse le cadre des conversations de comptoir, tout en le questionnant. Ce livre dépeint en effet très bien ces problèmes de société, dans une fresque sociale mâtinée d'une légère pointe d'ironie, à la manière de Kundera, sans en relever.

Reine est nostalgique du modèle familial, tout en assumant d'autres représentations du couple. La réflexion sur la parentalité est une question plutôt récente, qui fait considérer ces modèles d'un autre regard, puisque l'enfant est aussi un homme en devenir pour Reine, au centre de la question du couple.

« On finit toujours par devenir un personnage de sa propre histoire » : cette citation des *Écrits* de Jacques Lacan (tome II) est placée en épigraphe du livre, en parallèle à celle de Bernard Simiot, extraite de *Ces Messieurs de Saint-Malo* : « Ses poumons autant que son cœur avaient besoin de respirer l'air du large ». Ces deux références sont des clés de lecture importantes : l'être a beau être pris par le cours de l'histoire intime, en proie à une fatalité involontaire (deuil, séparations, accidents de la vie, etc.), il peut surmonter son destin, par un *travail de deuil* quotidien. La femme refuse de subir uniquement son sort, que ce soit au XIXe siècle, au XXe siècle ou au XXIe siècle. Elle devient un personnage à part entière, même si l'homme la rejoint de nos jours, dans ce domaine, par la question de la parentalité, tant pour l'enfant que pour le couple.

Le roman fait de l'évolution temporelle et de la *psyché* des êtres humains un point central dans la société. Mais cette analyse psychologique de personnages confrontés à des situations dramatiques, au cœur des œuvres de l'auteure, s'ouvre aussi sur l'importance d'autres *passions*, dans l'espace et dans l'Histoire.

UNE SAGA PSYCHOLOGIQUE DU MONDE MODERNE : LE FILS, SUR LES TRACES DU ROMAN HISTORIQUE DE BERNARD SIMIOT

Le roman *Ces Messieurs de Saint-Malo* est une fresque, une saga historique de la famille Carbec, datée de 1983, et vendue, comme le roman *Une évidence*, à plusieurs milliers d'exemplaires. L'action se déroule sous le règne de Louis XIV, au tournant du XVIIe et du XVIIIe siècle, et mêle plusieurs intrigues, sociale, historique et amoureuse. Ce livre se situe dans la tradition des romans-feuilletons, les romans populaires, qui se lisaient de semaine en semaine, à la fin du XIXe siècle (E. Sue, etc.).

Il désigne, par ailleurs, une expression de langage pour désigner les messieurs qui font fortune ; un monsieur de Saint-Malo représente l'ascension sociale.

Dans le roman *Une évidence,* c'est un modèle professionnel, tant pour Nicolas et Pacôme, qui semblent avoir suivi exactement le même chemin : voyages et commerce international, avec un comptoir de vente à Saint-Malo. Mais le négoce avec les Indes est une image, qui est reprise par Pacôme, tout comme par Reine, pour Noé. L'ascension sociale repose aussi sur une ascension culturelle.

Cette ambition professionnelle propose, comme un fil rouge, une autre entrée pour aborder ces problèmes de société, voire un autre modèle de vie pour Pacôme, l'associé de Nicolas. Elle rappelle qu'à d'autres époques, les drames privés étaient à placer dans l'ombre des passions politiques et historiques (ambitions). Carrière et pouvoir fascinaient : ils étaient au centre des intrigues de la Cour et de leurs conversations. Le mot *passion*, au sens historique du terme, concernait plus pleinement des intérêts divers pour l'homme et non, uniquement, le désir.

Au sens plus large du terme, on l'emploie encore dans beaucoup de domaines pour montrer l'intérêt exacerbé de l'homme pour des domaines très variés. On retrouve son affaiblissement par son usage pour désigner les intrigues amoureuses, fondées seulement sur le désir (autrement dit, l'approche sexuelle depuis Freud).

Certes, les fresques historiques de Simiot intéressaient, un peu plus, les hommes et les drames psychologiques intéressent davantage les femmes, mais l'emploi des deux citations est aussi à associer. Le lectorat féminin est formé, de nos jours, à la lecture des deux fresques, et les hommes sont invités à devenir des acteurs présents dans la parentalité.

Par ailleurs, sans proposer de changement de genre, ce livre propose une ouverture symbolique par les épreuves de l'histoire, grâce à cette approche du monde et de la société. Pacôme invite à visiter une ville, des pays, une histoire, des cultures, etc. Il invite ainsi à réfléchir sur une société ou, tout du moins, à s'y initier, que ce soit Reine ou Noé, l'adolescent. Ce dernier retrouve un père et, plus encore, ses Pères, sa culture, des civilisations, une Histoire et une identité.

Si Paul l'a guidé vers le courage (escalade) face aux épreuves, Pacôme l'initie à une culture (livre historique), tandis que Nicolas lui rend un père, sur le plan affectif en symbiose avec le travail. Il ne s'agit pas non plus d'une passion professionnelle, comme celle de Pacôme, qui tient à associer voyage culturel et travail, ni comme celle, plus discrète, de Reine, qui trouve facilement son métier après une formation en arts. Ce n'est pas la carrière d'un Richelieu (Simiot) qui est au premier plan, même si elle n'est pas censée n'être qu'un lieu de passage ; le problème évoqué par Noé et par sa mère, dans sa relation avec Paul, est celui de la famille...

Du lieu clos des relations éclatées et plus douloureuses, Rouen, nous passons à de nouvelles contrées, Saint-Malo, la ville des rêves, au miroir d'un passé, et l'Inde, un espace ouvert à d'autres perspectives à venir. Le retour symbolique aux origines, le passage par le passé, personnel et culturel, implique un tournant dans la vie de la mère et du fils.

Les choix narratifs du roman donnent vie à cette évolution :

- par la pensée intérieure : écrits et livres de Pacôme ; italiques de Reine en écho lointain à la veine de Duras et du monologue intérieur ;

- et, notamment, par les dialogues, dans lesquels on retrouve l'oralité du quotidien.

Ces conversations aident les personnages à se construire eux-mêmes. La temporalité romanesque repose sur une temporalité affective, qui détermine l'action narrative. Les personnages donnent vie aux lieux par leur évolution psychologique, par leur vécu relationnel au monde (géographie-Histoire) et aux êtres humains (les *Quatre Coins du Monde* ou le retour aux origines de Noé, un centre d'activités et d'échanges, un nouveau café).

PISTES DE RÉFLEXION

QUELQUES QUESTIONS POUR APPROFONDIR SA RÉFLEXION...

- Peut-on comparer le roman populaire historique de Bernard Simiot au drame psychologique ?

- De quel style relève l'oralité du roman grand public : du style des romans psychologiques, dans la veine de l'introspection romanesque, du théâtre de boulevard ou de l'écrit journalistique ?

- Peut-on proposer une lecture lacanienne du drame sur la modernité de la parentalité ?

- Quelle est la place de l'image dans la société actuelle ? Que symbolise l'agence de communication de nos jours dans les relations sociales ?

- Ne peut-on pas parler d'une nostalgie de l'image traditionnelle de la famille contemporaine dans ce roman ?

- Peut-on faire l'étude de la réception des bestsellers avec un portrait de leur lectorat ?

- Que représente Saint-Malo dans l'histoire culturelle, les représentations et l'imaginaire de la ville et du voyage ?

- L'homme n'est-il pas le roi démasqué dans ce roman ? Quelle est la place de la femme face à lui ?

- Quelles sont les filiations et les représentations actuelles du thème de l'ascension sociale hérité du XIXe siècle ?

POUR ALLER PLUS LOIN

ÉDITION DE RÉFÉRENCE

- MARTIN-LUGAND A., *Une évidence*, Paris, Michel Lafon, 2019.

ÉTUDES DE RÉFÉRENCE

- BARTHES R., *Mythologies*, Paris, Le Seuil, 1957.

SOURCES COMPLÉMENTAIRES

- DOMENACH J.-M., *Le retour du tragique*, Paris, Le Seuil, 1967.

- KRISTEVA J., *Soleil noir : dépression et mélancolie*, Paris, Gallimard, 1987.

- KUNDERA M., *L'insoutenable légèreté de l'être*, Paris, Éditions Gallimard, 1984.

- KUNDERA M., *L'art du roman*, Paris, Éditions Gallimard, 1987.

- LACAN J., *Écrits*, Paris, Le Seuil, 1966.

- PORGE E., *Le ravissement de Lacan : Marguerite Duras à la lettre*, Toulouse, Erès, 2015.

- QUENEAU R. (dir.), *Histoire des littératures, III, Littératures françaises, connexes et marginales*, Paris, Gallimard, Encyclopédie de la Pléiade, tome 7, 1958.

- SIMIOT B., *Ces Messieurs de Saint-Malo*, Paris, Albin Michel, tomes I et II, 1983 et Le Livre de Poche, 1987.

- SIMIOT B., *Ces Messieurs de Saint-Malo*, Paris, Albin Michel, tomes I et II, 1983 et Le Livre de Poche, 1987.

Votre avis nous intéresse !
Laissez un commentaire sur le site de votre librairie en ligne
et partagez vos coups de cœur sur les réseaux sociaux !

lePetitLittéraire.fr

- un résumé complet de l'intrigue ;
- une étude des personnages principaux ;
- une analyse des thématiques principales ;
- une dizaine de pistes de réflexion.

**Retrouvez
notre offre complète sur**
lePetitLittéraire.fr

www.lepetitlitteraire.fr

ISBN version numérique : 9782808023795
ISBN version papier : 9782808023801
Dépôt légal : D/2021/12603/29

Conception numérique : Primento,
le partenaire numérique des éditeurs.

www.ingramcontent.com/pod-product-compliance
Lightning Source LLC
La Vergne TN
LVHW010842200726